PABLO ALBO
LUCÍA SERRANO

ESQUELETO
LADRÓN

thule

No me gustaban las acelgas rehogadas por ese sabor que tienen agridulce, acre y un poco picante por el ajo. Además, me costaba digerirlas y cada vez que me las ponían para cenar dormía mal. Incluso ahora que ya no las como, cuando me viene su recuerdo, me da un escalofrío.

A mi padre le encantaban, y por eso, a pesar de mis quejas y lamentos, una vez a la semana yo cenaba a disgusto y me costaba horrores conciliar el sueño.

Pero eso era antes.

Recuerdo que aquella noche no podía dormir. Tenía una masa viscosa, verde y rehogada paseando por mis entrañas.

Pero no solo por eso.

Desde la cama oía un clac-clac constante. Era uno de esos ruiditos que no parecen demasiado estridentes pero que terminan por metérsete en la cabeza y, aunque no hayas cenado acelgas, no te dejan dormir. Me resonaba en la cabeza y me estaba taladrando el cerebro.

CLAC-CLAC

CLAC-CLAC

CLAC-CLAC

Cuando me cansé de intentar ignorarlo, me levanté, agarré
el reloj de la mesilla, le dije «Ahora verás, malandrín» y lo metí
en el cajón de la ropa interior, bien envuelto en calcetines, al
fondo del todo.

Pero no dejé de oír el clac-clac.

CLAC-CLAC   CLAC-CLAC   CLAC-CLAC

CLAC-CLAC   CLAC-CLAC

CLAC-CLAC
CLAC-CLAC CLAC-CLAC

CLiC-CLiC
CLiC-CLiC
CLiC-CLiC

Me levanté otra vez.
Fui al aseo. Está al lado de mi
habitación, pared con pared.
A veces quedaba algún grifo
mal cerrado y, en el silencio
de la noche, se oía.
Algo parecido pasaba
con los ronquidos de
mi padre.

ngrrrr ngrrrr
ngrrrr

Al entrar en el aseo se oían de fondo los ronquidos... y el
clac-clac. La alcachofa de la ducha, goteaba. Cerré bien el grifo
y la dejé en el suelo de la bañera. Si volvía a salir agua, ya no
haría ruido al caer. Los grifos estaban cerrados.

Pero no, no era la ducha la que hacía el ruidito. Volví a mi habitación con los ronquidos de mi padre de fondo y el clac-clac también. Me metí de nuevo en la cama, pero el ruido seguía sin dejarme dormir.

«Suena como un esqueleto tiritando», me dije en voz alta.

CLAC-CLAC
CLAC...

CLAC-CLAC
CLAC-CLAC CLAC-CLAC

Desesperado, salté de la cama y a oscuras busqué el origen del ruido, hasta que me encontré con la oreja pegada a la puerta del armario empotrado. Sí, aquel ruido molesto provenía sin duda del interior del armario. No me hizo mucha gracia. Sin querer empujé un poco la puerta, chirrió y el clac-clac cesó.

Volvió enseguida. Me dispuse a abrir la puerta, pero me detuve.

«Mejor será meditar bien la situación antes de tomar una decisión», me dije, aunque en realidad era una excusa para no abrir la puerta del armario en plena noche. Daba un poco de miedo.

Volví a la cama con la intención de ignorar el ruido. Quizá si no le prestaba atención terminaría por no oírlo y dormirme. Pero no fue así. Me tapé las orejas con la almohada. Así casi no se oía. Pero no podía dejar de pensar en él.

«Lo mejor será pensar en otra cosa», me dije. En una playa... Sí, una playa con olas que vienen y van..., vienen... y van..., y con gaviotas... y palmeras... y los cangrejos clac-clac, clac-clac...

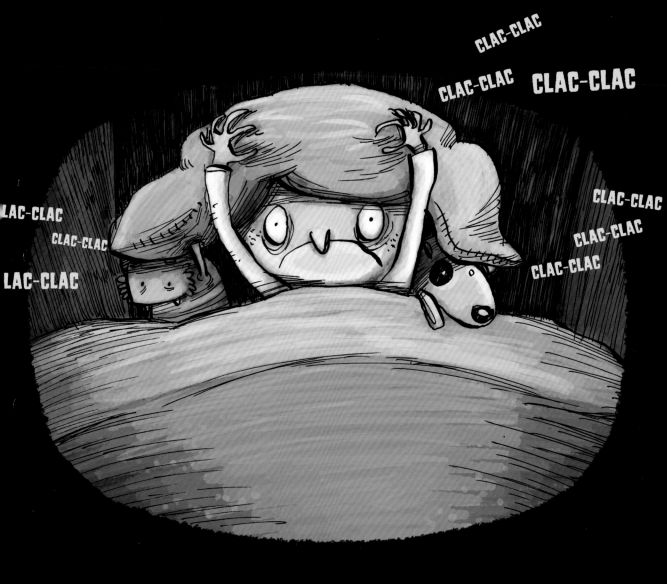

No hay nada peor para conseguir dejar de pensar en algo que tratar de no pensar en aquello en lo que quieres dejar de pensar.

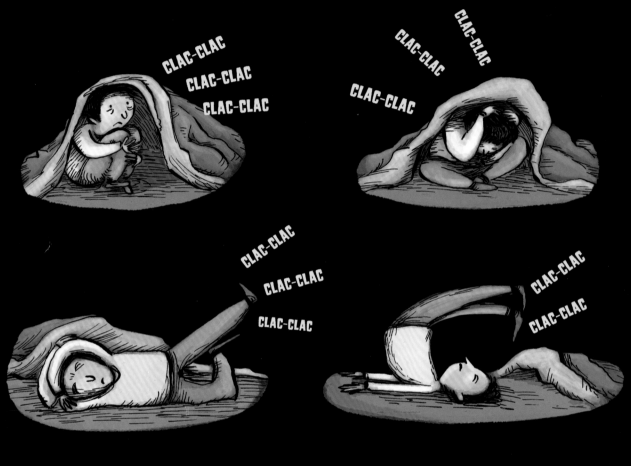

Ya está bien. La única solución es mirar dentro del armario y ver que no hay nada raro. Y si hay algo que hace clac-clac conseguir que, lo que sea, deje de hacerlo.

Abrí.

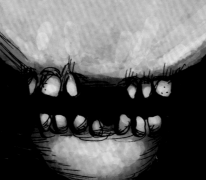

—¿Cómo sabías que era un esqueleto? —soltó desde el fondo oscuro del armario.

Mirándome con las cuencas vacías de sus ojos y señalándome con el hueso de su dedo índice, había un esqueleto.

Si hubiera dicho cualquier otra cosa yo habría empezado a gritar en ese momento y habría seguido gritando mientras corría gritando hasta tener la oreja de mi padre cerca para seguir gritándole o la de mi madre para lo mismo o las de los dos para gritarles alternativamente a una y a otro, a otro y a una.

Pero no dijo «Voy a comerte», ni «Aaaagh».

Había estado escuchando y me había preguntado:

—¿Cómo sabías que era un esqueleto?

Su pregunta incluía cierta admiración hacia mi agudeza mental.

—No sé —contesté descartando cualquier indicio de agudeza mental—. Y tú, ¿por qué tiritas?

—Tengo frío.

—Pero, necio, si ahí en el armario tienes mantas.

—No me sirven de nada las mantas.

—¿Te dejo un pijama?

—Quiero tu carne.

—Ah, no, eso sí que no. Además, mira qué flaco estoy, que doy asco de lo flaco que estoy.

—Sin faltar, que más flaco estoy yo... ¡Dame tu carne!

Di un paso atrás, tropecé y, antes de llegar al suelo, ya lo tenía encima. En un momento me arrancó toda la carne a dentelladas y se la puso. No me dolió nada, un poco de cosquillas solamente.

—Gracias —dijo con mi voz y se acostó en mi cama.

Fui corriendo a avisar a mis padres. No fue buena idea.

—Ay —dijo mi padre—, qué cosa más rara estaba soñando.
Me ha parecido como si hubiera un esqueleto ahí, a los pies de
la cama, diciendo algo sobre un esqueleto que le ha comido.

—Solo ha sido una pesadilla —dijo mi madre. Pero se equi-
vocaba, había sido yo—. Siempre que cenamos acelgas rehogadas tienes pesadillas —añadió.

—Voy a ver si está bien el chiquillo, que no sé yo... Vente...

Yo lo escuchaba todo desde detrás de la puerta. Me es-
condí allí cuando comprendí la situación: sin mi carne no me
reconocerían.

—Mira, está durmiendo tan tranquilo —dijo mi madre.

Pero no era yo quien dormía en mi cama. Era mi parte de fuera. En fin, no quise helarles la sangre con mi nuevo aspecto.

Me entró frío. ¡Cuánta razón tenía el esqueleto ladrón!: de nada sirven las mantas cuando lo que te falta es la carne. No podía recuperar la mía. No me veía capaz de pelearme conmigo mismo.

Me fui. ¡Qué fácil es escalar cuando se pesa poco!

Fui por la ciudad asustando a los gatos. Traté de correr para entrar en calor, pero no sirvió de nada. Cada vez era mayor el frío.

«No es problema —pensé—, peso poco. Puedo colarme por cualquier ventana, alta o baja... En esa, por ejemplo —me dije señalando la de tu habitación.»

«Me colaré por ella y me meteré en tu armario. Eso no me calmará el frío... pero esperaré. Esperaré a que tú no puedas dormir por mi clac-clac y tarde o temprano acabes por abrir la puerta...»

Esqueleto ladrón

Primera edición: noviembre de 2012

© 2012 Pablo Albo (texto)
© 2012 Lucía Serrano (ilustraciones)
© 2012 Thule Ediciones, SL
Alcalá de Guadaíra 26, bajos
08020 Barcelona

Director de colección: José Díaz
Diseño y maquetación: Jennifer Carná

EAN: 978-84-15357-16-2
D. L.: B-25657-2012

Impreso en Lito Stamp, Barcelona

www.thuleediciones.com